U0064155

漫畫詩經

谷清平 編
貓先生 繪

新雅文化事業有限公司
www.sunya.com.hk

湯小團和他的朋友們

湯小團

愛看書，特別喜歡閱讀歷史。平時調皮搗蛋，滿肚子故事，總是滔滔不絕。熱情善良，愛幫助人。

唐菲菲

書巷小學大隊長，完美女生，還有點兒潔癖。有些膽小，卻聰明心細。

孟虎

又胖又高，自稱上少林寺學過藝，外號「大錘」。喜歡唐菲菲，講義氣，卻總是鬧笑話。

書店老闆

「有間書店」的老闆，也是書世界的守護者。會做甜點，受孩子們歡迎，養了一隻小黑貓。

王老師

湯小團的班主任。外表看起來很嚴肅，內心很關心同學們。

前言

《詩經》，又稱《詩三百》，是中國最早的詩歌總集，收錄西周至春秋時期的詩歌共311篇（其中6篇有題無辭）。內容有寫給周人祖先的頌歌、有武王滅商的輝煌功績、有熱鬧的盛宴，也有普通人的快樂與煩惱，《詩經》反映了當時的社會生活，極具價值，多年來一直被儒家學者們奉為經典。

本書共選取《詩經》中十五首作品，以漫畫形式演繹三千年前的詩歌故事，重現古代人民的日常生活及與人相處的情感。藉着賞析《詩經》，幫助孩子感受中國文學蘊含的美與智慧。

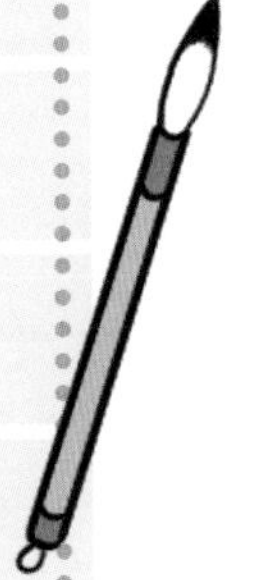

目錄

歷史（記錄時代）

第一章　秦風・無衣　6

第二章　小雅・采薇　14

第三章　王風・黍離　22

第四章　小雅・鹿鳴　30

第五章　大雅・生民　38

勞作（描寫底層人民的苦難生活）

第六章　邶風・式微　46

第七章　邶風・北門　52

第八章　魏風・碩鼠　60

生活（描寫人們的日常生活）

第九章　周南・關雎　66

第十章　召南・摽有梅　74

第十一章　鄭風・子衿　82

情感（描寫人們之間的感情）

第十二章　周南・卷耳　88

第十三章　衞風・河廣　96

第十四章　王風・君子于役　104

第十五章　邶風・二子乘舟　110

第一章　秦風・無衣

故事摘要

《無衣》這首詩充滿了慷慨激昂的英雄氣概。將士們都有着一顆同仇敵愾*的心，他們同穿一件戰袍，對抗同一個敵人，大家團結互助，向着同樣的目標奮進，沒有什麼困難是他們戰勝不了的。

原文節選

豈曰無衣？與子同袍。
王于興師，修我戈矛。
與子同仇。

節選釋義

誰說我們無衣衫？與君共穿一件戰袍。
君王起兵要打仗，修整我們的戈和矛。
與君共戰不退縮。

*愾：kài，粵音概。

西元前 771 年，犬戎＊族入侵中原。
他們燒殺搶掠，無惡不作。

周天子的軍隊被打得節節敗退。
哎呀！

十萬火急之時，秦國軍隊挺身而出，保衞周王室。
國難當頭，豈能貪生怕死？
爹，娘，國家有難，孩兒不能袖手旁觀！
年輕士兵

這是我年輕的時候穿的戰袍，有它在，我們的軍隊總能打勝仗。

我把它送給你，願它給你帶來好運。

＊戎： róng，粵音容。

爹，娘，我定會凱旋！
這年輕士兵跟着軍隊上路了。
路上，他發現戰友凍得直哆嗦。
脫下
你把戰袍給了我，你怎麼辦呢？
這個給你。
我們是戰友，我的就是你的。
你不挨凍，我也就感覺不到寒冷了！

夜晚，軍隊停下行軍的步伐，紮營做飯。

快吃，別
餓着了。

好吃吧？

我爹娘死後，再也沒有
人對我這麼好過……

以後，我就是你的親人，
我們有福同享，有難同當！

這是我爹留給我的
刀，鋒利無比，是
上好的兵器。來，
送你。
兄台這番厚愛，我
怎麼擔當得起？

我的就是你的，
不必言謝。

* 鎬京：西周都城，在今陝西西安。鎬：hào，粵音浩。

鏘！

太好啦，援軍到了！

平民
不好！

別怕！我來保護你！

快跑呀！
打不過！

經過一番廝殺，秦軍獲得了勝利。

鄉親們，我們勝利啦！
你們辛苦了！

別凍壞了。

叔叔，我將來也要成為你們這樣的英雄！

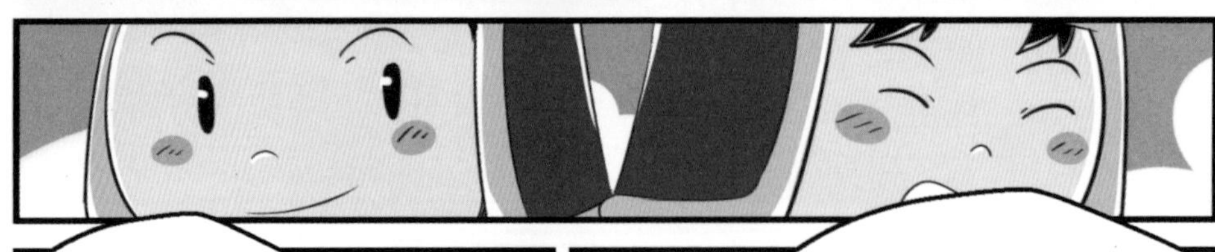

走吧，戰友們，我們一起幫鄉親們重建家園！

豈曰無衣？與子同袍。
王于興師，修我戈矛。
與子同仇。
大家一邊幹活，一邊唱起了戰歌。

湯小團劇場

小知識

「袍」指「周禮規定的制式戰袍」，主要是非戰時、長途行軍時穿；在接近敵軍軍營、敵方城市或上戰場前則要換上盔甲。

第二章　小雅・采薇

故事摘要

《采薇》講述了周宣王時期戍邊戰士的生活。由於戰爭需要，士兵連年征戰，長期不能回家。他們一面為擊退敵人而興奮，一面也為戰爭帶給人的苦難感到無限哀傷。

原文節選

采薇采薇，薇亦作止。曰歸曰歸，歲亦莫止。

……

昔我往矣，楊柳依依。今我來思，雨雪霏霏。

行道遲遲，載渴載饑。我心傷悲，莫知我哀！

節選釋義

採薇菜啊採薇菜，薇菜剛剛才發芽。何時回家啊何時回家，轉眼就到年關。

……

當初離開家從軍，楊柳青青在路邊。如今就要回去，大雪紛紛揚揚。

慢騰騰地走得又餓又渴，我心裏滿是悲苦，沒有人知道我的哀傷！

* 玁狁：xiǎn yǔn，粵音險允。
仲春：即農曆二月。

我太餓了，
又渴又餓。
現在的野菜又鮮
又嫩，真好啊！
別說了……
更餓了……
長期行軍讓士兵們精疲力盡。

休息時，士兵們圍坐在一起吃飯。

長官說，用不了多久，
就能回家了。
唉！講道理，去
年年底就該讓我
們回家了。
仗沒打完，誰
也走不了啊！

是啊，連家裏的
消息也收不到。

我們居無定所，也
沒辦法傳遞消息。
好懷念家裏的弟
兄朋友們啊！
我啊，更懷念家裏
的飯菜。

乾杯！
又過了半年，到了初秋。
真的？
據説，這場仗
打完，就能回
家了。
哼，春天吃野
菜的時候你就
這麼説了。

都是獫狁
害的啊！
不是不想為國效力，誰
曾想戰爭無窮無盡。

沒有片刻安歇。

真苦啊！連慰問的人也沒有。

列隊！集合！

將軍來了！

看啊！我們的將軍。

有將軍在，感覺好多了。

真威風！跟着將軍，我又有力氣去打勝仗了！

衝啊！

啊！

小心！
怎樣，害怕了嗎？
沒有的事！
敵人強，我們只能比敵人更強。這一仗，一定要贏啊！
戰爭終於結束了。
我們贏了！
消息沒錯，我們很快就能回家了。
太好啦！
一片狼藉
我們也要分開啦。
沒關係，我們總會相見的！
冬天來了，終於到了回家的日子。

總算結束了，年復一年，
噩夢一樣的戰爭。

柳葉青青的時候啊，
離開了我的家鄉。

好冷！怎麼
下雨了呢？

回家的那一日啊，
飢腸轆轆，又是大
雪茫茫。
時光匆匆像一場
夢喲，我的心有
多麼悲傷。

小知識

周朝時期，帶兵的將軍由卿和大夫這些官員擔任，因為那時的讀書人均是文武全才的，他們研習的「六藝」中（禮、樂、射、御、書、數），就包含了文與武。

第三章　王風・黍離

故事摘要

這是一首懷古詩。周平王遷都洛陽後，一位官員看到過去的都城已經遍地黍稷*，心中感慨萬千。

原文節選

彼黍離離，彼稷之苗。
行邁靡*靡，中心搖搖。
知我者，謂我心憂；不知我者，謂我何求。
悠悠蒼天，此何人哉？

節選釋義

那裏的黃米生得茂盛，高粱也抽出新苗。遠行的腳步慢慢走，神思不定，心中煩惱。

了解我的，說我傷心難過；不了解的，問我尋求什麼。蒼天啊蒼天，這一切究竟是誰的錯？

* 黍稷：黃米與高粱。shǔ jì，粵音鼠職。
靡： mǐ，粵音美。

西元前 771 年，申侯勾結犬戎族，攻破西周都城——鎬京。
第二年，犬戎再犯。周天子帶領百官，遷都洛邑。

數年後。
這是從前的都城嗎？
是的，大人。

誰能想到，幾年工夫，滄海桑田啊！

大人，還往前走嗎？
走吧，正好去拜訪一個朋友。

當年都城東遷時，他留了下來。我們已經好久沒見了。

咦，那邊是先王的宮室吧？

唉！

老人家，你找人嗎？

你知道這從前是什麼地方嗎？

以前天子住的地方嘛。

唉！

現在天子遷都了，地總不能荒着吧？

沒人指望天子回來啦。

此一時，彼一時喇，老人家！

天子啊，您從來不關心鎬京的近況……

……您也像百姓一樣，把過去的榮耀、戰爭都忘了嗎？

大人，您説的是這兒嗎？

唉，看來他們一家也搬走了……

老朋友，我想説的話都在這支曲子裏了。

♪ 知我者，謂我心憂；
不知我者，謂我何求。
這人在幹什麼啊？
奇怪。

♪ 知我者，謂我心憂；
不知我者，謂我何求。

剛才有個老爺爺，在我們家的老房子門前唱歌。
他明明有車有馬，卻坐在地上。

他的歌也真怪。
明明看到莊稼長得好，他卻好像很難過。

那個人，是不是有一把長鬍子，還很會撫琴？
嗯。

哈哈哈！他啊，是我的老朋友。

我怎麼沒見過他？

幾年前，為了建造新都，他跟着天子去了洛邑。

那他回來幹什麼呢？
鎬京是他的故鄉，他哪捨得一去不回呢？

嗯？

不知我者，
謂我何求。
咦？這琴
聲……
好像是那
個爺爺！

喂，彈琴
的爺爺！

哎呀呀，
老朋友！

哎呀呀，我差
點就要以為見
不到你啦！
哈哈哈，我身
體硬朗着喇！

來，嘗嘗我們自己
釀*的酒！
幾年不見，鎬京
的變化太大啦！

* 釀：niàng，粵音讓。

宮牆變成了瓦礫*，庭院變成了農田，你看了很難過吧？

看見鎬京現在的樣子，我心裏像塞了塊石頭。

唉，聽我句勸。

如果四海安寧，鎬京不再是鎬京，也沒什麼。

哪有什麼能一直不變呢？

是啊，你說得對。

但是，我一直忘不了鎬京。

唉，不能忘，一定不能忘。

這兒可是我們的家鄉。

我啊，還等着你來找我喝酒喇！

*礫：lì，粵音靂。

湯小團劇場

小知識

犬戎：古代西北戎族（西戎）的一個部落，戰國後稱「匈奴」。西戎在西周至春秋戰國時期由很多部落組成，包括犬戎、陰戎、方揚、義渠等。

第四章　小雅・鹿鳴

故事摘要

《鹿鳴》是周王宴會羣臣時所奏的樂歌。有研究表明，這首詩很可能作於周宣王初年，反映的是西周中興時期君明臣良的太平景象。

原文節選

呦呦鹿鳴，食野之苹。
我有嘉賓，鼓瑟吹笙。
吹笙鼓簧，承筐是將。
人之好我，示我周行。

節選釋義

鹿羣呦呦和鳴，來吃曠野的艾蒿。我請來一羣好賓客，舉辦宴席鼓瑟吹笙。

宴席上吹笙擊簧，奉上盛滿錢幣布帛的竹筐。賓客對我真是厚愛，為我指明正道是在何方。

大約在周宣王剛即位不久的時期。

天子的獵物真美麗啊！

是嗎？看我的。

天子瞄準時，鹿感受到了危險，發出呦呦的鳴叫聲呼喚同伴。

天子見到後心有所動，放下弓箭。

算了吧。

天子想到了什麼？

普天之下，莫非王土。

不管牠們在哪，都是屬於我的。

何必把牠們抓進獸網裏呢？

走吧，晚上還有宮宴。

我要大宴羣臣！

大家不必拘禮，今夜我與諸位同樂。
大家都辛苦了。
謝天子。

請！
請！

我準備了薄禮，希望大家喜歡。

好精細的手藝！
天子真慷慨啊！

天子果然是富有四海，出手不凡！

唉！

天子，您還憂慮什麼呢？
我雖然富有四海，但卻從沒離開過國都。
這……
外面的山川湖海、世故人情，真想親眼見識啊！
天子，您是否願意聽聽臣的看法？
天子不必憂心。
只要周室振興，各地百姓都會主動前來。
到那時，天子雖在國都，也可以聽到四方民情。

而且，天子想出去走走，也更安全不是？

咳咳，這反問句，好像我還會貪玩一樣！

咳，好！

我正想問諸位，振興周室，該怎麼做？

陛下。

召公

敢問天子，之前在獵苑，您看到了什麼？

我看到……一羣鹿？

一邊鳴叫一邊吃草？

鹿羣呦呦鳴叫，
是為呼朋引伴。
鹿依靠鹿羣，抵
抗猛獸的攻擊。

因此，振興周室的
關鍵，在於人。
若有一羣賢臣
可以依靠，國
家定可昌盛。

有道理。
那麼，召公，如何
才能獲得賢臣呢？

一鹿呼，羣鹿鳴。

天子愛惜賢臣，
賢臣自然願意跟
從天子。
好一個「一鹿呼，
羣鹿鳴」！
我敬召公！

漫畫詩經

真好啊，懂了好些
做天子的道理。
召公也不愧是
羣臣榜樣！

天子，今夜君臣同樂，
臣想獻曲一首。

典雅又不
張揚。
歡快又不
失温潤。
有生之年，竟
能欣賞到這樣
的琴藝。

天子，請您為這
首曲子賜名。
嗯……
就叫《鹿鳴》。有諸
位在，是天子之幸，
國家之幸。
今夜我們不醉不歸！

湯小團劇場

小知識

周宣王為西周第十一代君王，在位約四十六年。他繼位後，任用召穆公、尹吉甫等賢臣，使西周國力得到短暫恢復，史稱「宣王中興」。

第五章　大雅・生民

故事摘要

《生民》是一首歌頌周氏族始祖后稷的敍事詩，主要記錄了姜嫄* 生育后稷的神話故事，以及后稷長大後帶領族人進行農業生產的傳說。

原文節選

厥* 初生民，時維姜嫄。
生民如何？克禋* 克祀，以弗無子。
履帝武敏歆*，攸* 介攸止，載震載夙*。
載生載育，時維后稷。

節選釋義

最初那周人的祖先，他的母親就是姜嫄。周人的祖先怎樣誕生？是姜嫄在祭祀時祈求神明，期望生下一個兒子。

姜嫄踩到天神的腳印，心中莫名歡喜。她在那裏停下來休息。她發現自己懷孕，小心謹慎不敢大意。她生下孩子，又養育成人，這個孩子就是后稷。

* 嫄：yuán，粵音圓。
厥：jué，粵音缺。
禋：yīn，粵音因。
歆：xīn，粵音音。
攸：yōu，粵音柔。
夙：sù，粵音縮。

建立周王朝的周部族，是一個古老的部落。
關於他們的始祖后稷，有這樣一個傳說。
據記載，后稷的母親名叫姜嫄。
請求上天，賜給我一個孩子。

那邊有什麼東西？

嗯？
什麼人的腳印會這樣大？

我的孩子的腳印會有多大呢？
奇怪，我在想什麼啊！

夫人，您懷孕了。
真的？

上天保佑，我竟然
真的懷了孩子。
生啦！
生啦！
這孩子，怎麼
長這樣！
后稷出生時被一層胞衣包
裹住，有些像一顆蛋。
造孽啊！這孩子
太不吉利了，怕
是不能養啦。
這孩子模樣古怪，
我不敢留着他了。
我怕他是妖孽，會
給部族帶來災禍。
侍女奉命將后稷丟在巷子裏。

快來看呀！這是誰家的孩子？
真神奇！牛羊都不踩他，像是避着他！
侍女又抱着后稷走進樹林。
好好的孩子，為什麼丟在樹林裏？
多麼狠心，居然拋棄自己的親生孩子。
孩子啊孩子，不要怨我狠心，你生得實在不吉利。
她把后稷放在結冰的湖面上。幾隻鳥飛下來，用翅膀保護嬰兒。
侍女十分驚訝，又將后稷重新抱起。

這是受上天保佑的孩子。

從今往後，我不會再拋棄他了。

侍女將孩子帶回了家。

日子一天天地過去……

后稷

你們看，他怎麼喜歡做這個？

奇怪啊，男孩子不都喜歡打獵？

你是去玩泥巴了嗎？

不是，我是在種莊稼。

母親，您看！

它們的種子都可以作糧食。

這樣，就不用為吃飯發愁了。

許多年後。

后稷，等等我們！

別走那麼快啊！

我們要快點
去除草。
如果晚了，野草會
長得比莊稼還高。

后稷，你真
有辦法。
今年必有好
收成！

中午，后稷
和妻子在一
起吃飯。

想要收成好，需要
天時、地利、人和。
天上的神明啊，這
次也在幫我呢。
驕傲可不是
好習慣。

多虧了后稷，才
有這麼多糧食。
到了秋天，人們忙着收穫糧食。
明天的祭神儀式，
也是后稷安排的？

漫畫詩經

他說，糧食豐收不是他一個人的功勞，也要感謝上天的幫助。
多好的人呢！

過往的神明，威嚴的上天，感謝您們讓我們今天獲得豐收！

我有個更好的想法。
什麼？

應該讓上天保佑我們每一年都豐收。
想得太美了吧！

湯小團劇場

小知識

后稷是周的始祖，姓姬，名棄，「后稷」是後來封的號。他善於種植各種糧食作物，曾在堯舜時代當農官，教民耕種，被認為是開始種稷和麥的人。

第六章　邶[*]風・式微

故事摘要

已經很晚了，農民們依然在辛苦勞作，不敢有一絲懈怠。君主荒淫無度，要求農民不分晝夜地為自己工作。他們有苦說不出，只好把心中的不滿化作這首哀淒的歌謠。

原文節選

式微，式微，胡不歸？
微君之故，胡為乎中露！

節選釋義

天黑黑，天黑黑，有家何不歸？
不是君主差事苦，又怎麼還在露水中受累呢？

* 邶：bèi，粵音貝。

大家吃飽喝好，
不夠還有！
謝天子恩典！

太奢侈了……

怎麼了？
我去透個氣。

今年收成不好，天子還如此鋪張浪費……
這時，他聽見遠處傳來悲傷的歌聲……

天黑黑，有家不得歸……

這麼晚了，誰還
在唱歌呢？

君主事兒多，農民
種田苦……

老伯伯，這麼晚了，你
怎麼還不回家呢？
活兒沒幹完，
哪敢回家啊？

忙到了晚上，飯
都沒得吃……

老東西，又在偷懶！
還不趕緊去幹活！
監工

知道了，
這就去。

現在已經很晚了，你
就放他們回家吧。
你懂什麼？要是明天
不能按時上交糧食，
連我也要掉腦袋！

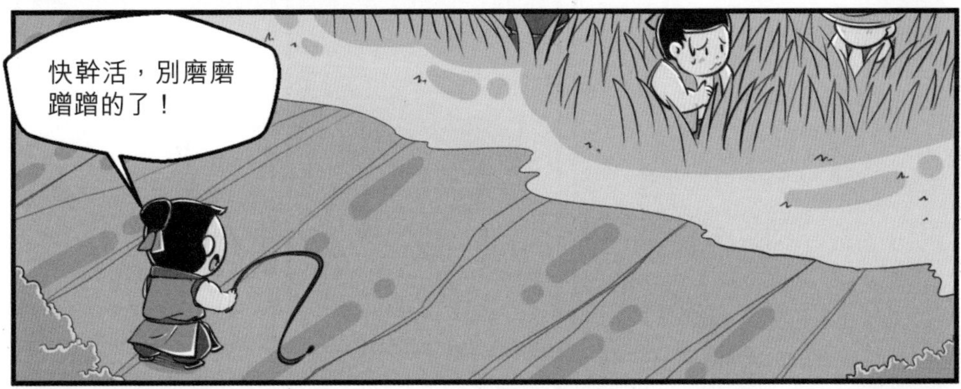
快幹活，別磨磨
蹭蹭的了！

農民們又累又餓，
卻不敢休息。

突然，有個農民因為
體力不支倒在了地上。

把他抬到樹下，
你們繼續幹活！
……

不錯，收了不少。

我們辛辛苦苦種的糧食，沒有一粒是自己的。

天子驕奢淫逸，殊不知還有很多人在挨餓！

天黑黑， 有家不得歸……
遠處又傳來農民哀愁的歌聲，
久久地迴蕩在天邊……

湯小團劇場

小知識

相傳周代設有採詩之官，每年春天到民間收集歌謠，把能夠反映人民歡樂疾苦的作品交給太師（負責音樂之官）譜曲，演唱給天子聽，作為施政的參考。

第七章　邶風・北門

故事摘要

這個小官員終日忙忙碌碌，做最苦最累的活，還要承受上司和家人的指責。小官員心中有氣，用詩歌控訴這個黑暗的社會。

原文節選

出自北門，憂心殷殷。
終窶*且貧，莫知我艱。
已焉哉！天實為之，謂之何哉！

節選釋義

我走出北門，內心多煩憂。
家中貧寒困窘*，沒人知道我的艱難。
算了吧，上天這樣安排，我又能怎麼辦呢？

*窶：jù，粵音具。
窘：jiǒng，粵音困。

唉，又來了……
小官員

牛老三，你什麼時候交稅？
假裝很兇

我們一家都快吃不上飯了！
牛老三

您別生氣，這不是上面催得緊嗎？我也就是個跑腿的。
望着小官員受窘的樣子，牛老三的妻女都看不起他。
嘻嘻。

我們家只有這些了，你先拿去交差吧。
好的好的。

哼，別再來啦！

小官員又挨家挨戶跑了好幾處。

沒錢，走開！

大黃，咬他！

救命啊！

汪汪汪
汪汪！

開不了口……

餓得奄奄一息

唉，這可怎麼
交差啊？

大人，稅沒能收齊，
他們……

你這個廢物，這麼一點
小事都做不好！
勃然大怒
山珍海味
大人，不是我不收，是
今年收成不好，大家連
飯都吃不上了……

明天接着去，再
收不上來，你就
等着丟飯碗吧！
明白，明白。

辛苦了一天，就
賺了這點錢……

唉，老婆孩子
吃什麼呢？
寒風吹過，小官員
凍得瑟瑟發抖。

這個乞丐好像
沒飯吃……

謝謝大人！
他不忍心路邊的乞丐挨餓，掏出
幾枚銅幣放在了乞丐的碗裏。

糟糕，回去又要
被老婆罵了。
所剩無幾

小官員提着一小
袋米回到家。

老婆，我
回來了。
這麼晚才回來！孩子
都快餓壞了！
對不起……

只有一點點米，
這怎麼夠吃？
自從跟了你，我就沒
過上一天好日子……

你成天收稅，隔壁村的人都快
恨死我們了。他們一見到我，
就罵罵咧咧……
如果沒這份工作，
我們只能喝西北風
去了。

別忙活了，
快去睡吧。
我要是不做點活計補
貼家用，你那點收入
哪養得活一家老小？

難啊，誰知道我心中的苦處呢！

真冷啊！

就是你這個壞蛋，搶走了我家的糧食！
不是的……

我們走，離這種壞人遠點！
呸！
我……

雪下得越來越大，小官員的歎息聲長久地飄盪在漆黑的夜空中……
唉……

湯小團劇場

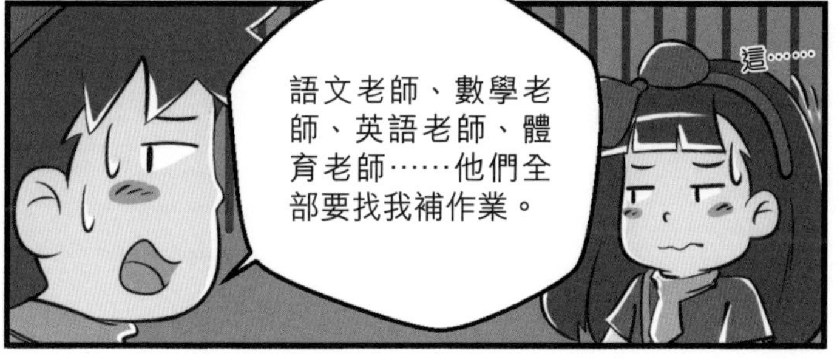

小知識

周朝時期的官員，級別不同，住宅要依不同的禮制而建築。如果因貧困而無法依照禮制去建屋，該房子就稱為「窶」。

第八章　魏風・碩鼠

故事摘要

《碩鼠》這首詩，將壓迫者比作肥大的老鼠，諷刺他們貪得無厭，剝削農民的勞動成果。受盡壓榨的農民想要逃離壓迫者，奔向樂土，但那樂土又在何方呢？

原文節選

碩鼠碩鼠，無食我黍*！
三歲貫女*，莫我肯顧。
逝將去女，適彼樂土。
樂土樂土，爰得我所！

節選釋義

大老鼠啊大老鼠，不要再吃我的糧食！我侍奉了你三年，你從不顧我死活。我發誓要離開你，到自由的樂土去。樂土啊樂土，哪才是人間樂園！

*黍：shǔ，粵音鼠
*女：此處同「汝」，解作你。女，rǔ，粵音乳。

一戶破舊的房屋中，一個農民正在追打偷吃大米的老鼠。

吱！吱！

?

臭老鼠！不許偷吃！

吱！

壞東西！就知道偷吃我的糧食！

算你識相，下次
早點交上來。
一大袋米
知道了。

這個不錯，
也歸我了。

唉！肚子
好餓⋯⋯
臭老鼠，我家就剩這點
糧食了，你還偷！
吱！
別跑，害人精！
怎麼感覺像
在罵我？

算啦，糧食到
手了就行。

爸爸，我餓。

沒糧食啦，都給
老鼠吃了。
我們剛收的糧食，
怎麼會給老鼠吃了
呢？

夜晚，孩子們餓着肚
子睡着了，農民和妻
子既心疼又無奈。

我們給他幹了三年
的活，吃不飽，穿
不暖……
真想一走了之，
我們自己種地，
豐衣足食。

是啊，我們找個沒有官老爺的地方，重新開始……

可是，普天之下，哪有這樣的地方呢？
快點幹活，不然沒飯吃！

吱吱

吱！吱！

老鼠啊老鼠，你怎麼總纏着我們這些苦命人不放呢？

湯小團劇場

小知識

魏風：《詩經》中「十五國風」之一，現存七篇作品。魏，是西周初分封的姬姓小國，滅於春秋時期，故地在今山西芮城東北。

第九章　周南・關雎

故事摘要

《關雎》講述一位青年追求心愛的姑娘，並與她結成夫婦的故事。有學者認為，這是一首在婚禮上祝福新人的詩歌。

原文節選

關關雎鳩*，在河之洲。窈窕*淑女，君子好逑*。
求之不得，寤寐* 思服。悠哉悠哉，輾轉反側。
參差荇* 菜，左右采之。窈窕淑女，琴瑟友之。

節選釋義

關雎鳥在河心的小洲上關關鳴叫，文靜秀氣的女郎是男子的佳偶……

追求她追求不到，醒來睡着都忘不了。相思的心意綿綿不斷，翻來覆去睡不着。

長長短短的荇菜採了又採，彈琴鼓瑟與那美麗的女郎結交。

* 雎鳩： jū jiū，粵音追 gau[1]。
窈窕： yǎo tiǎo，粵音夭條。
逑： qiú，粵音求。
寤寐： wù mèi，粵音誤未。
荇： xìng，粵音幸。

二叔叔！
二叔叔！
看，這兒有
喜糖給你。
喏，快去。
院子裏，一家人正
熱鬧地準備婚禮。

喲，急着接新
娘子去啊？
別鬧了，走吧。

喂，我聽
説……
唔，二哥
他……

你們夠了，
何苦來！
他啊，第一次
見到人家的時
候啊……

天氣真好啊！

你看，好看的
姑娘啊！

行啦。
人家出門，可不是
為了某些無賴的。
我出門，也不
是為了在這兒
曬太陽啊。

噓，你聽！
野鴨子？
哦，還有
雎鳩。

真是的！就
差一點！

窈窕淑女，君
子，君子……

你，一見
鍾情?!
哪有，怎麼
可能！

我想娶她！
胡鬧！

唉，可惜，後來
我就不知道了。
後來啊，我
跟你說。

從此以後，年輕人不再鬧騰。他時常讀書、撫琴。

你言重了。
學琴容易，
學琴的心思
卻難得。
我應該跟你
學習，怎麼
會取笑你？

等等，你怎麼知道
我剛學琴的？

短短時間進步飛快，
還說不是現學的？
你真厲害！

唉，我該回
家去了。
那我幫你提
竹簍。

所以，你要不
要送我回去？
要！可是……突然見
你父母，我怕失禮。

既然不敢自己來，那，就請媒人來吧。
什麼？

我明白啦！你等我！放心！

有一天二哥回來，便催着爹娘找人說媒定親。
定親之後，大夥兒一直忙到現在呢！

百年好合！早生貴子！

窈窕淑女。
鐘鼓樂之。

湯小團劇場

小知識

雎鳩：水鳥，俗稱魚鷹，善於捕魚，而且不亂偶而居。這篇作品以「關雎」為名，或為教化人民——夫妻必須感情專一，並且勤勞生活。

第十章　召南・摽有梅

故事摘要

這是一支女子主動求偶的歌謠。「摽* 有梅」的意思是「落在地上的梅子」，梅子成熟掉落，意味着時間流逝，詩歌借此表達女子急切而熱烈的心情。

原文節選

摽有梅，其實七兮。求我庶* 士，迨* 其吉兮！
摽有梅，其實三兮。求我庶士，迨其今兮！
摽有梅，頃筐塈*之。求我庶士，迨其謂之！

節選釋義

梅子落在地上，十成的果實還剩七成。想來求娶我的人，不要錯過良辰！

梅子落在地上，十成的果實還剩三成。想來求娶我的人，不要錯過今朝！

梅子落在地上，要拿斜口筐來盛。想來求娶我的人，不要錯過會期！

*摽：biào，粵音剽。　　迨：dài，粵音代。
庶：shù，粵音恕。　　塈：jì，粵音氣。

梅子喲！新鮮的梅子！
去買梅子吃吧。
哇！
我都流口水了。
老婆婆，你的梅子賣得真早！現在還沒到五月。
哈哈，不早啦！
樹上的梅子已經熟透，再不上市就晚嘍。
和人一樣，一錯過，就找不回來啦。
年輕真好啊！如果有心愛的人，千萬莫要錯過啊。
害羞

好熱鬧啊！

我鄰家姐姐今天也出嫁。

好多場婚禮啊！

我猜，是因為三月三的上巳節*。

上巳節時，相愛的人可以自己做主訂親。

從訂親到舉行婚禮，剛好一兩個月。

要是有人向我提親……

我也想做新娘……

你們看，這棵樹也結梅子！

真的！

哎呀，還有七成的梅子沒熟。

梅子熟了我們再來摘。

梅子全都成熟前，我要找到一個愛人！

* 上巳節：中國古代傳統節日，也叫春暮日。巳：sì，粵音字。

你，你已經有
喜歡的人了？
沒有。

咦，你着急
嫁人？
你胡說！

那你還說
什麼？

那是我的願望——
遇見一個心愛的人！

他最好出現得
早一點。

樹上的梅子還有
七成沒有熟，有
心的人啊！
吉日良辰要
記在心！
有心娶她的朋
友啊，不要讓
她等太久！

幾日後。

樹上的梅子還有三成沒有熟，有心的人啊！吉日良辰就在今天！

布谷布谷——

哥哥！嫂嫂！
嘻嘻！

哈哈，有人說你想嫁人，我還不信！
我想什麼，哥哥管不着。

這麼心急？要不要哥哥給你介紹一個？
哼！

只能幫你到這了。
一直躲在樹後的男孩

唉，唉！
噗！小小年紀
也愁嫁嗎？
嫂嫂，我正
發愁呢！
別急，婚姻大事
要慢慢來。
你還小，不妨
耐心點。
緣分得順其自然。
我不明白。
走吧！
梅子熟了，
去撿梅子。

唉，我沒希望了。壓根沒人想跟我提親。

這有什麼？你還有我們啊！
嗯。

別皺眉啦！有人要擔心啦！

放心，我想好了。

不是還有明年嗎？明年上巳節，只希望他及時開口。

樹上的梅子落滿地，有心的人，佳期相會你可莫遲疑！

湯小團劇場

花園裏的梅樹結了果子。

哇！

這梅子的味道肯定不錯，我可是饞了好久呢。

你們先別吃！ 這梅子一看就沒熟。

唐菲菲，你早點來就好了，我們已經吃了⋯⋯

都是貪吃惹的禍啊！

太酸了⋯⋯

小知識

古人認為正常的嫁娶事宜是從農曆九月開始至二月成婚結束。男女雙方達到適婚年齡（男二十，女十五），就可按「六禮」（納采、問名、納吉、納徵、請期、親迎）籌備婚事。

第十一章　鄭風．子衿

故事摘要

《子衿*》是一曲優美的戀歌。青年男女一見傾心，約好了在城門相會，但女子左等右等，卻怎麼也等不見他來，「一日不見，如三月兮」，寥*寥幾筆生動刻畫出了她的焦急不安。

原文節選

青青子衿，悠悠我心。縱我不往，子寧不嗣音？
青青子佩，悠悠我思。縱我不往，子寧不來？
挑*兮達*兮，在城闕兮。一日不見，如三月兮！

節選釋義

青黑的是你的衣襟，悠悠的是我的心情。縱然我不去看你，你難道就不給我傳信？

青黑的是你的佩帶，悠悠的是我的思懷。縱然我不去看你，你難道就不到我這來？

來回徘徊，在這城樓等待。一日不見，彷彿幾個月那樣漫長！

* 衿：jīn，粵音禁。
寥：liáo，粵音了。
挑：tāo，粵音滔。
達：tà，粵音撻。

陽春三月，草長鶯飛，楊柳拂堤，小溪歡快地唱着歌。人們成羣結隊地出來踏青，歡聲笑語，好不快樂。
多美麗的姑娘啊！

你們姑娘可有許人家啊？
還沒有呢。

婚姻大事急不得啊……

這時，姑娘遇到一位男子。

報以一笑

慌張

兩人一見傾心。

姑娘的父母看見自家女兒這麼開心，也露出欣慰的笑容。

幾天後。
這麼早，你要去哪啊？
我去幫王大娘摘果子。

咦，我記得王大娘沒種果樹啊？

真香啊！

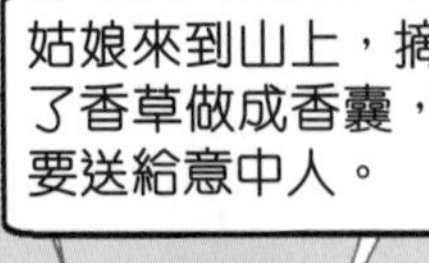
姑娘來到山上，摘了香草做成香囊，要送給意中人。

她帶着香囊來到城牆上等意中人。

激動

等了很久，很久……
焦急

失望

再等他一個時辰吧！

他怎麼還不出現？
是不是變心了？
委屈

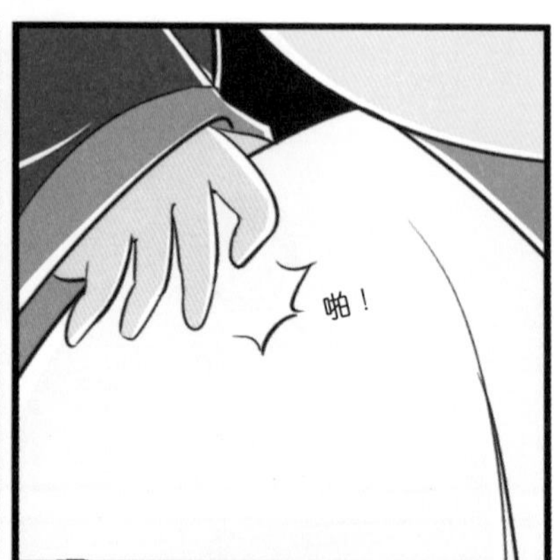
啪！

對……對不起！為了買禮物，我耽誤了很長時間，讓姑娘久等了。
氣喘吁吁

不，我沒有等很久。

這是送你的紅線。
這是給你的香囊。

湯小團劇場

小知識

「青」在古代不僅可以表示綠色，有時候還可以表示藍色或者黑色。「青天白日」裏面，它就代表藍色。而在「青青子衿」、「青衣」、「青絲」中，它都指黑色。

第十二章　周南・卷耳

故事摘要

《卷耳》描寫女子與她那外出服役的愛人相互思念的情景。女子因思念而無心工作，男子雖然希望借酒澆愁，但思鄉之情始終無法忘懷。

原文節選

采采卷耳，不盈頃筐。
嗟我懷人，寘* 彼周行。
陟* 彼崔嵬*，我馬虺隤*！
我姑酌彼金罍*，維以不永懷。

節選釋義

卷耳菜採了又採，還裝不滿一個斜口筐。只因我想念那個人，才把竹筐放在大路旁。

登上那高高的山，我的馬兒腿發軟。姑且從酒罈中斟一杯酒，使我不要久久懷傷。

* 寘：zhì，粵音智。
陟：zhì，粵音即。
嵬：wéi，粵音危。
虺隤：huī tuí，粵音灰頹。
罍：léi，粵音雷。

姐姐，那邊
有條大路！
有蝴蝶啊！姐
姐！我能去那
邊抓蝴蝶嗎？
去吧！我陪你
一起去！
阿芹

姐姐，孟哥哥就
從這裏走的嗎？
是啊。

我記得他。
他用姐姐採卷
耳的竹筐，裝
過一筐樹葉。

姐姐，你看我
抓蝴蝶！
你在哪裏啊，
孟哥哥……

三年前。

漫畫詩經

噓！別吵，不讓她知道。
小心讓針戳了手，可別哭鼻子！

阿芹，你看！
哇，孟哥哥！

我像不像大英雄？
不像！好像大狗熊！

嘿嘿，還是阿芹好看！
樹葉也值得當寶貝，真傻。

阿芹，我以後當上將軍，你做將軍夫人，好不好？
你要去戰場？孟哥哥……

我，我不想做普通人，我要做個大英雄。

孟哥哥，我只要你平安回來。

那，你會不會等我？
去吧，我等你。

三年後，夜裏。

阿芹……

醒醒，該趕路啦。
好，我們回家……
僕人

主僕二人騎馬趕路。

好想快點離開這兒。
小心，這地方可不能大意啊。

腿腳發軟的是我的馬，我才沒有害怕。
哈哈哈，您別嘴硬。
前面的路，可更難走呢！

把酒壺拿來，解解渴吧。
好嘞！

現在啊，我不想當英雄，不想打仗，只想當個普通人。

漫畫詩經

我想家了。
誰也不許哭鼻子。來，我們喝酒！

幾天後。

哇！

等我回去，要把這兒的景色畫給阿芹看。

我的馬已經累花了眼，我們再歇歇吧。
好嘞！

你看，我正好找出了一個酒杯！
你說，阿芹會想我嗎？

我真的好想她。

又過了幾天。
兩人人困馬乏，僕人的腿還受了傷。

小心！
沒事，我不能拖後腿。
踉蹌

你需要休息。
不行，這兒太危險啦。

山上有猛獸。
天黑前，得趕到有人煙的地方。

我跑不快。別管我了！
不行，我們得一起走！

怎麼？
我不記得這裏的路了。
忽然停下

唉，我的腿好痛。

再堅持下！我們一定能走出這座山！

可我們好像迷路了……
暈頭轉向

走這邊吧，只能
碰碰運氣了。
好……

我答應了阿芹，一定
要回去見她。
等等
我……

太好了！有村莊，
我們有救了！

阿芹，等我！

夕陽西下，阿芹和妹
妹兩人正要回家。
姐姐，今天的卷耳
為什麼這麼少？
明天多採些也
是一樣的。

你怎麼沒抓到
蝴蝶？
我追不上。
說不定，它去
找孟哥哥了！

湯小團劇場

小知識

西周有兵役制度，身高七尺（約為162厘米）、年齡六十以下的男子需要當兵。每一家要有一名男子成為「正卒」（正式兵員）服現役，隨軍訓練、出征。家中其餘男子則是「羨卒」（正卒以外的兵員），平時在家務農，在農閒時參加軍事訓練。

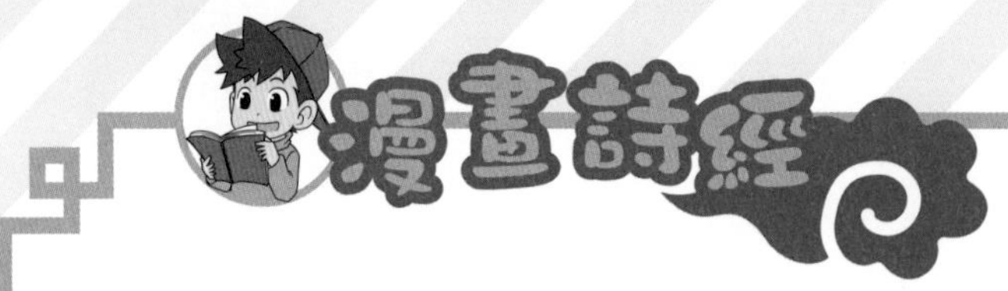

第十三章　衞風・河廣

故事摘要

傳說這首詩是宋襄公的母親所作。她遭到丈夫的拋棄，被遣送回衞國，從此與兒子天各一方。她的兒子宋襄公雖身為國君，卻不得違背父親的旨意，無法接母親回國。一河之隔，母子二人始終不能相見。

原文節選

誰謂河廣？一葦杭之。
誰謂宋遠？跂* 予望之。

節選釋義

誰說黃河寬又廣？一片葦葉就能航行。
誰說宋國遠又偏？踮腳就能把對岸望。

* 跂：qǐ，粵音企。

宋桓夫人
娘，您終於回來啦！
走，我們去吃好吃的。
黃河邊
走嘍！
等一下！
你們有沒有看到我的兒子？
老婆婆，你在說什麼啊？
走吧走吧，別看了。

唉……
夫人啊，您怎麼又來河邊了？多危險啊！

我想找我的孩子……
哎喲，夫人，您的兒子他不會來的……

二十年前。
母親，快看黃河啊！
宋襄公（未繼位）
慢一點，母親跟不上你了。
宋桓夫人

母親，對岸就是衛國啊！

唉！

母親，您
怎麼了？
沒事，風沙吹到
眼睛裏了……

對了，衛國是母親
的故鄉啊。

母親，不要哭，
您還有我呢。
傻孩子……

母親，我們趕緊
回家吧，不然父
親又要發火了。
是啊。

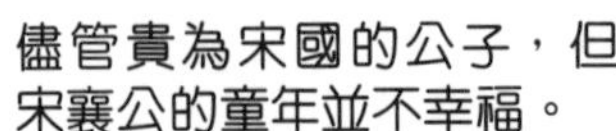
儘管貴為宋國的公子，但
宋襄公的童年並不幸福。

衛國被北狄人入侵，宋桓夫人是衛文
公的妹妹，她多次請求宋桓公出兵支
援衛國。
可是……
夠了，你不
要再說了。

衛國和宋國是唇亡齒
寒的關係，衛國一旦
失陷，宋國也……

你這麼喜歡衛國，
那你就回去吧！
什麼？
宋桓公

哼！
父君，不要
趕走母親！
求您饒了
母親吧。
宋桓公經常與夫人爭
吵，於是休掉了她。

母親！
孩子！

從那以後，宋襄公再也沒見過自己的母親。
公子，她不會回來了。

大王，別看了，回去吧。
許多年後……

宋桓公去世後，宋襄公即位，他想把母親接回宋國。

你們……
大王，萬萬不可啊！

我接自己的母親回國，有何不可？

夫人被流放是先王的命令，您要是接她回國，就是違背先王，這是不忠不孝啊！
現在宋國內憂外患，您若背棄自己的父親，恐怕會招致天下人的恥笑啊！
我……

大王，請您三思……

母親啊，是兒子無能，讓您受苦了！
我的兒子，你在哪裏呀？

別等了，回去吧。

黃河不寬，宋國不遠，為何我永遠到達不了對岸呢？

湯小團劇場

小知識

《詩經》中的《風》普遍被視為其中的精華核心，後人將其與屈原的《離騷》並稱為「風騷」。其中周南、召南產生於漢水和長江中游，其餘均為黃河中下游。本篇《河廣》所指的即為黃河。

第十四章　王風・君子于役

故事摘要

這首詩抒發了妻子思念遠方丈夫的怨苦心情。天色已經很晚，禽畜都已經回家了，丈夫卻杳* 無歸期。她既不知道他在哪裏，也不知他何時歸來。唉，這怎能不讓她落淚呢？

原文節選

雞棲于塒*，日之夕矣，羊牛下來。
君子于役，如之何勿思？

節選釋義

雞羣回到了窩裏，太陽落山近黃昏，連牛羊也下了山坡。
我的丈夫在外服役，叫我如何不想他？

*杳：yǎo，粵音秒。
塒：shí，粵音時。

夕陽西下，農婦李三嬸幹完農活，從田裏回來。

她看見村口許多人聚在一處，原來是外出當兵的村民回來了。
家裏還好嗎？
娘，我回來啦！

李三呢？我們家李三有沒有回來？

沒人回應……

無人搭理的李三嬸歎了一口氣，坐在原地。
唉！

結為夫妻
她回想起和丈夫在一起的點點滴滴。

漫畫詩經

想起一家人在一起時的快樂時光。
抓到魚啦！
辛苦啦！

出去玩喇！
娘！快跟上！

國家有難，我將上戰場。

好男兒豈能貪生怕死？

我走後，孩子就交給你了。

爹——！
要多保重啊！

娘！

娘，這麼晚了，
快回家吧。
知道了。

天黑了，萬家燈火通明，大家
正歡歡喜喜地吃着團圓飯。

多吃點啊，
看你多瘦！

李三嬸內心覺得更難過了。

去，去，
回家吧！
到家以後，牛羊回圈，雞狗回窩。

唉，連動物都有家可回，我的夫君還要在外漂泊多久呢？

娘又想爹了……

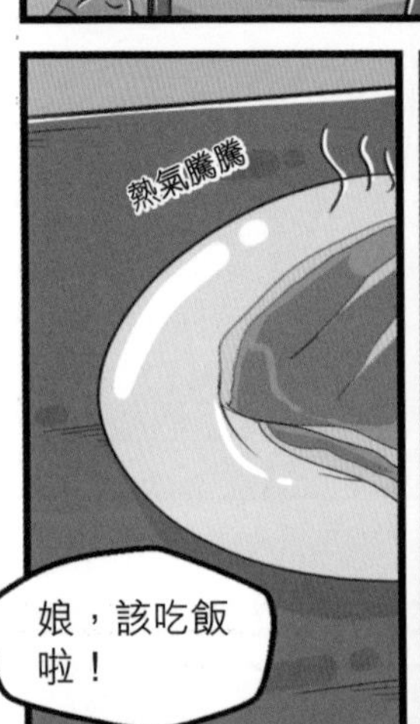
熱氣騰騰
娘，該吃飯啦！

吃飯時，看着狼吞虎嚥的兒子，李三孀卻絲毫沒有胃口。
不知你爹能不能吃上一口熱飯……

夜已經深了，萬物陷入了深深的睡眠中。而思念征夫、滿懷心事的李三孀，又怎能入睡呢？

湯小團劇場

小知識

《王風》：王都之風，即東周王城洛邑一帶的樂調。自從周平王東遷洛邑，人們認為王室與諸侯無異，詩作也不能和原來一樣尊貴，所以被貶稱為「王風」。

第十五章　邶風・二子乘舟

故事摘要

《二子乘舟》是一首江畔送別詩，相傳是衛國百姓為懷念衛國的兩位公子而作。

原文節選

二子乘舟，泛泛其景。願言思子，中心養養！
二子乘舟，泛泛其逝。願言思子，不瑕* 有害！

節選釋義

那兩人乘一葉孤舟，飄飄盪盪地漂遠。心中思念你們，又是憂愁又是不安！

那兩人乘一葉孤舟，飄飄盪盪地漂去。心中思念你們，願你們不要遇到災難！

* 瑕：xiá，粵音霞。

從前，衞國國君的孩子們當中，有兩個兄弟關係特別好。
兩人都既有才華，又有品德。

可國君很討厭兩兄弟中的哥哥。
有時，連兒子的性命也不顧。
真可憐！
太不公平啦！

是的。所以那位弟弟總是想辦法幫助哥哥。
可惜，有一天，國君下了一道最壞的命令。

他假意派遣哥哥外出，同時僱了一夥強盜。

讓強盜在半路取走
自己兒子的性命。

哈哈哈哈！孽*子，
你跑不掉了！

父君剛才說
了什麼？
公子，不關
您的事。

所以呢？你
說不說！

唉！是您的父君
要殺您哥哥。

公子，要不
還是算啦。
命令已經發
出去了。
那是我哥哥！他沒
有犯錯，父君為什
麼要殺他?!

* 孽：niè，粵音熱。

公子別去，您勸不住國君的！
我去找哥哥！
哥哥！哥哥別走！
你怎麼來了？
我有話說，這裏不方便。
拉到一邊
父君要殺你！
這太荒謬*了！我不相信。
哥哥，不要上船，現在就逃吧。
晚了！我已經接受了父君的命令，我不能違抗。

*謬：miù，粵音貿。

誰叫我是他的兒子，又是他的臣子呢？

哥哥，你再想一想吧！
我已經決定了。

那好，我為哥哥送行。

你說，公子能成功嗎？
唉，難啊！
噓！
於是，弟弟也上了船，為哥哥送行。

為父君而死，是盡兒子的孝道與臣子的忠誠。
船上

君要臣死，臣不得不死，不必勸我了。
可父君錯了！

難道錯的命令，
也值得聽從嗎？
哥哥，現在逃
還來得及。
不，不行。

我沒有罪，就
應該活得堂堂
正正。
而不是隱姓埋名，像
罪人似的躲躲藏藏。

可是，難道我能
親眼看我的父君
害死哥哥？!

那樣，我倒寧願
死的人是我！

漫畫詩經

唉，這叫人
如何是好！
後來呢？
後來啊，人們再
也沒見過他們。
啊？
他們活下
來了嗎？

那個做哥哥的被
弟弟灌醉了。
也許，他的弟弟
帶他逃到了別的
國家。衛國百姓
都很想念他們。

百姓不求別的，
只希望好人都順
利平安。
他們要是還能回衛
國看看就好了。

其實可憐的兄弟
倆最後都被強盜
殺死了……
這個悲傷的結局
還是等他們大一
點再說吧……

湯小團劇場

小知識

《詩經》分為《風》、《雅》、《頌》三部分。《風》是周朝各地的民間歌謠，《邶風》便是邶國的歌謠，《周南》便是指周公治理下的南方地區的歌謠；《雅》分為《大雅》和《小雅》，是正聲雅樂；《頌》是周王室和貴族宗廟祭祀用的樂歌。

湯小團帶你學中國經典

漫畫詩經

編　　者：谷清平
插　　圖：貓先生
腳　　本：程西金　張瀟格
責任編輯：林可欣
美術設計：黃觀山
出　　版：新雅文化事業有限公司
香港英皇道499號北角工業大廈18樓
電話：（852）2138 7998
傳真：（852）2597 4003
網址：http://www.sunya.com.hk
電郵：marketing@sunya.com.hk
發　　行：香港聯合書刊物流有限公司
香港荃灣德士古道220-248號荃灣工業中心16樓
電話：（852）2150 2100
傳真：（852）2407 3062
電郵：info@suplogistics.com.hk
印　　刷：中華商務彩色印刷有限公司
香港新界大埔汀麗路 36 號
版　　次：二〇二二年七月初版

ISBN：978-962-08-8054-4

18/F, North Point Industrial Building, 499 King's Road, Hong Kong
Published in Hong Kong, China
Printed in China